Las Estaciones

el Verano

BARRON'S

Entre la primavera y el otoño
hay una estación muy calurosa.
Se llama...

3

Con el *calor,* las cosas mojadas
se secan muy rápido. El agua del traje
de baño... ¡desaparece!

Es la estación de las *vacaciones* de la escuela. Pero no todo el mundo sale de vacaciones, ¿verdad?

Mucha gente *sale* de casa a pasar los días de fiesta.
¿De cuántas formas puedes viajar?

8

Podemos ir a la *playa*
a hacer castillos de arena y collares
de conchas, aprender a nadar o…
¡ jugar con las olas !

Si buscas bien por el campo,
puedes encontrar un montón de
pequeños *animalitos:*
libélulas, moscas,
saltamontes,
ciempiés,
mariquitas,
mosquitos,
arañas...
¿Oyes el ruido
que hacen?

Vayas donde vayas, tienes que protegerte del *sol* directo, sobre todo si tienes la piel clarita. ¿Cuáles de estas cosas pueden servirte?

Es el tiempo de las noches sin frío.
¿ Has visto la gran cantidad
de *estrellas* que hay
en el cielo?

En este dibujo puedes encontrar cosas frías y cosas calientes.
¿ Adivinas *cuáles* son?

En verano hay muchos días de sol,
pero a veces también hay fuertes
tormentas, con truenos
y relámpagos. ¡ Son impresionantes !

Con el calor se secan incluso las plantas. Por eso, si no llueve demasiado, hay que ir *regando* el huerto y el jardín.

Casi todos los tomates del *huerto* están a punto para comer. ¿ Qué más te comerías de este huerto?

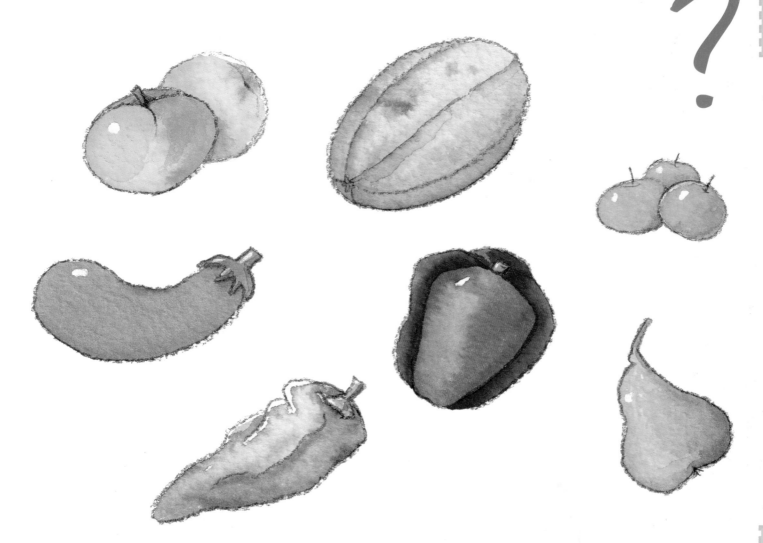

Los *cereales* se deben recoger antes de que lleguen las lluvias de otoño. Con ellos se hace el pan, los macarrones y los pasteles.

¡Qué buenos son!

El verano es perfecto para hacer cabañas,
jugar, bailar y hacer fiestas al aire *libre*.
¡Es una estación muy entretenida!

Miremos bajo el agua

Con este visor podrás mirar bajo el agua sin problemas. Necesitas una botella de plástico, una bolsa de plástico (cuanto más transparente, mejor), tira adhesiva resistente al agua, y tijeras.

1. Recorta con las tijeras la parte inferior de la botella.
2. Coloca la bolsa de plástico encima de la parte cortada de la botella.
3. Pega la bolsa con cinta adhesiva.

¡Y ya puedes mirar!

1

2

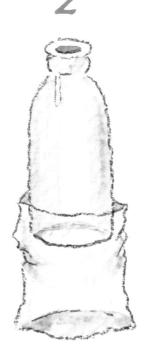

3

Un móvil

¿Tienes un palito de madera, hilo y cartulina?
Puedes hacer un móvil muy divertido. Dibuja
peces, estrellas de mar y pulpos en la cartulina.
Después píntalos y recórtalos. Haz un pequeño
agujero en la parte superior de cada figura y,
con la ayuda de un adulto,
*¡ya las puedes colgar del
palo!*

31

Un barco de papel

Siguiendo las instrucciones que te damos, puedes hacer un barco de papel muy bonito. ¡Y después enseñas a tus amigos cómo hacerlo!

¡A ver si te sale!

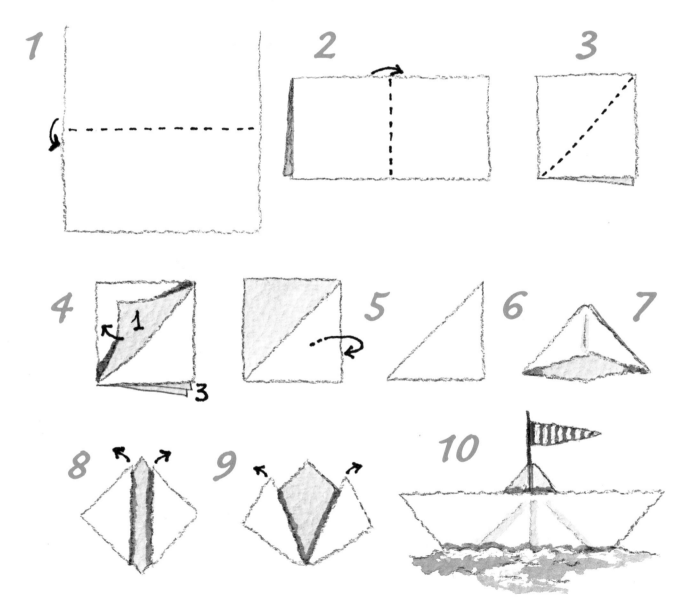

Un horario de vacaciones

Es verano y no vas al colegio. ¿Por qué no explicar las actividades que haces durante un día? Sólo tienes que dibujar un reloj y escribir la hora. Al lado pones todo lo que has hecho en esa hora. Las cosas importantes y especiales las puedes marcar con un color más vivo para que resalten.

¿Te das cuenta de las cosas que puedes hacer en un día?

Guía para los padres

Tarde o temprano, pronto es verano

El verano empieza el 21 de junio y termina el 21 de septiembre. Hace calor y los días son muy largos. El primer día de verano podemos mirar cuáles son los meses de verano y señalar días especiales como fiestas, inicio de las vacaciones, etc. Según la edad de los niños, podemos jugar a decir refranes y canciones de verano. A veces serán ellos quienes nos enseñarán a nosotros.

No todo el mundo sale de vacaciones

En verano el colegio cierra y los niños tienen vacaciones. Muchos adultos también salen de vacaciones. Sin embargo, hay gente que trabaja todo el verano. Son muchas las profesiones ligadas al tiempo de las vacaciones: camareros, cocineros, socorristas de piscinas y playas, monitores de deportes de aventura... Y otras personas que trabajan en horarios especiales: locutores de radio, bomberos, médicos, basureros, técnicos de las compañías eléctricas, panaderos... ¡Hay un montón!

Época de cosecha

En el campo tampoco se tienen vacaciones: es tiempo de cosecha. En alguna salida de verano encontrarán huertos y campos de cultivo a punto para la cosecha. Podrán entonces explicar que, antes, toda la cosecha se hacía a mano. Había tanto trabajo que en algunos lugares tenía que venir gente de otros sitios para poder recogerlo todo a tiempo. En muchos lugares todavía se hace así, aunque cada vez son más los campos donde se utilizan máquinas para hacerlo. Menciónenles también que al final de la cosecha siempre se hace una gran fiesta.

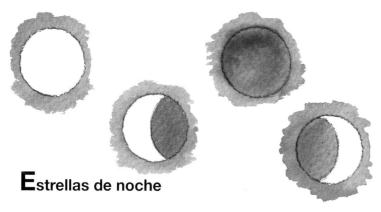

Estrellas de noche

El verano es una buena época para contemplar el cielo de noche: estrellas fugaces, constelaciones, planetas y la luna. Empecemos con la luna, diciéndoles que da vueltas alrededor de la Tierra y que la vemos de manera muy diferente a lo largo del mes—puede estar llena, nueva, en cuarto creciente y en cuarto menguante. Cuando está llena da tanta luz que podemos pasear de noche sin necesidad de linterna. Las estrellas son soles como el nuestro, o incluso mayores, pero que están tan y tan lejos que parecen puntitos brillantes. Están tan lejos que todavía no se ha inventado ninguna forma de llegar a ellas, pues ¡el universo es inmenso!

Las cosas pueden estar templadas, frías o calientes

En verano hace calor, en invierno hace frío. Toquemos cosas frías, como por ejemplo, un cubito de hielo, y mostremos cosas calientes, como por ejemplo, el agua caliente. Hay cosas que no están ni frías ni calientes: están templadas. A los mayores, se les puede explicar que cuando hace mucho, mucho frío las cosas se congelan, como el cubito de la nevera o la nieve. Y cuando hace mucho, mucho calor el agua se evapora y por eso se seca la ropa. El agua no desaparece, sino que se convierte en vapor, que no se puede ver y que se va hacia el cielo, a formar parte de las nubes.

Hacer un horario

Para hacer el horario los niños necesitarán ayuda de adultos. Como siempre, es importante que sea el niño o la niña quien decida los colores, las formas, etc. Ustedes sólo harán de guías y los niños tomarán las decisiones. El horario es una buena actividad para aprender las horas y darse cuenta de las cosas que se hacen a lo largo del día. Los más pequeños sólo debieran hacer un reloj (redondo y con números en los lugares que ustedes indiquen). Como siempre, deberán ustedes adaptar las actividades a la edad del niño. Y nunca olviden valorar su autonomía.

Título original del libro en catalán: *L'Estiu*
Propiedad literaria (© Copyright) Gemser
Publications, S.L., 2004.
C/Castell, 38; Teià (08329) Barcelona, España
(Derechos Mundiales)
Tel: 93 540 13 53
E-mail: *info@mercedesros.com*
Autora: Núria Roca
Ilustradora: Rosa Maria Curto

Primera edición para los Estados Unidos y
Canadá (derechos exclusivos) y el resto del
mundo (derechos no exclusivos) publicada en
2004 por Barron's Educational Series, Inc.

Dirigir toda correspondencia a:
Barron's Educational Series, Inc.
250 Wireless Boulevard
Hauppauge, New York 11788
http://www.barronseduc.com

Número de Libro Estándar Internacional
0-7641-2736-5
Número de Tarjeta del Catálogo de la
Biblioteca del Congreso 2004101480

Impreso en España
9 8 7 6 5 4 3 2 1

Las Estaciones

el Verano